学生彩图版

Excellent students

中国学生成长第一书

感动学生的幽默故事

■ 总策划/邢 涛

■ 主 编/龚 勋

人民武警出版社

一套培养21世纪
成功人才的必备书

● 中国儿童教育研究所　陈勉

21世纪是竞争激烈的社会，对人才的要求越来越高。丰富的知识、出色的能力、开阔的视野、敏捷的思维，无一不是打造孩子成功未来的必备素质。而学生时期可塑性强，求知欲和接受能力旺盛，在这一阶段有意识地培养，成效最为显著！这就要求父母为孩子做好充分、科学的准备，引导他们建立全面、系统、权威的知识储备！

《中国学生成长第一书》就是一套专为中国学生量身打造的必备图书。该系列从孩子的认知规律、兴趣特点出发，以培养21世纪高素质成功人才为宗旨，将孩子需要掌握的知识、能力、视野、思维、素质等，结合发达国家最前沿的研究成果，糅入精挑细选的13册书中。此13册书涵盖了文学、国学、历史、益智等领域，能够为孩子构建最权威、最系统、最全面的知识结构，满足他们现在所有的知识需求及将来知识积累的需要。而精彩主题、高清大图、海量内容、新颖体例的新型模式，完全吻合孩子的心理和认知特点，能吸引他们主动阅读，真正成长为21世纪博学多才的佼佼者！

前言
FOREWORD

● ● ●

在笑声中
体味人间哲理

人们常说："笑一笑，十年少。"可见欢笑在我们的生活中是不可或缺的。而幽默正是引导我们发笑的主要途径，为此我们精心编撰了这本《感动学生的幽默故事》。

本书精心选取了古今中外数十则幽默故事，其中既有名人的轶事，也有民间流传的趣闻。退役的步兵在和女朋友约会的时候闹出了怎样的笑话，一张假钱是如何莫名其妙地被花出去的……相信青少年朋友们在欢笑之余，定能从中得到生活的感悟和智慧的启迪。此外，我们还为故事选配了大量精美有趣的插图，会让大家更加直接地感受故事里的世界，获得身临其境的感觉。

愿本书能给你带来快乐，让欢笑伴随你的一生。

目录

CONTENTS

阳光是什么味道？是快乐的味道，只要嘴角上扬，我们就品味得到……

避讳

迷信，只会让你失去更多。

撰文/黄健

大年三十，正准备做年夜饭时，煤气没了。我赶紧给煤气公司打电话。谁知电话刚接通，却被妻子一把按掉了。

妻子一脸神秘地说："今天煤气不能充。"

"为什么？"我满腹狐疑。

妻子一本正经地说："你想想，'煤'和'霉'谐音，今天是大年三十，正好煤气没了，这预示着来年我们定会大吉大利，好运连连。如果你今天充煤气，不是要把霉气带回家吗？所以啊，这煤气怎么也得过了年初三再充。"

"嘿，你还信这个？"我拉开妻子的手，想继续打电话。可妻子又哭又闹，我没辙了。

"那我们这几天总不能不吃饭吧？"我问。

"那还不简单，可以下馆子呀！"妻子一边说着，一边拽着我和女儿往外走。女儿一听要出去吃，别提多高兴了。

现在这大过年的，饭店生意特别红火，大大小小的饭店全都客满了。我们沿街一家一家地找，好不容易找到了空位，正想点几个小菜将就一下。服务员却笑里藏刀地告诉我："对不起，先生，这里每位最低消费158元。3个人的话，最低消费474元。"

我一咬牙，说："上菜！"

女儿可乐开了，长这么大，在饭店里吃年夜饭，还是头一次呢！菜上齐了，她狼吞虎咽地吃起来。

买单的时候，我看见妻子的脸色明显不好看了。回家的路上，她顺便走进一家超市，买了一箱方便面，对我们爷俩儿说："明天开始就吃这个吧！"

大年初一上午，几个朋友到我家来打牌，临近中午，还丝毫没有要散的意思。

怎么办呢？本来可以让妻子炒几个菜的，妻子的手艺挺不错，可现在巧妇也难为无火之炊啊，谁让我们家现在没有煤气呢！大家难得聚一次，总不能让人家吃泡面吧！

我大手一挥，说："下馆子去！"

妻子面无表情地看着我，不做声了。

到了饭店，大家划拳喝酒，好不热闹。酒足饭饱，我一看账单，一千多呢！大伙儿一个个都打着饱嗝直夸我够意思，拉着我的手说："走，下午还上你家去。"

我回头看看妻子，她急得直跺脚。

等我颤颤悠悠回到家，妻子早躲进房间里了。

隔着门，我听见妻子正在打电话呢："喂，煤气公司吗？我家煤气没了，快给我送过来，要快啊！"

病人不开口

不要觉得自己优于别人，因为你在某些方面可能不如别人。

撰文/佚名

　　小镇的兽医老丁病了。他来到城里一家大医院看病。当他挂完号来到内科医生的办公室时，惊奇地发现这位内科大夫竟是自己高中时的老同学。两人马上热烈地交谈起来。

　　内科大夫问："老同学，你现在干什么工作呢？"

　　老丁回答道："和你差不多，我现在是一名兽医。"

　　"兽医？"内科大夫把身子往椅背上靠了靠，有点儿瞧不起地笑了起来，"你怎么干起兽医来了？太遗憾了！你看我，真正的医生……好啦，言归正传，请告诉我你哪里不舒服吧！"

　　老丁没有回答内科大夫的话，只是安静地坐在那儿，笑呵呵地看着他。

　　内科大夫以为老丁没听清楚，于是又问他到底是哪里不舒服。可老丁还是一言

病人不开口

5

不发。

内科大夫有点儿生气了，不耐烦地说："老同学，你不告诉我你哪里不舒服，叫我怎么帮你治病？"

这时，老丁才笑着说道："老同学，你看，当个兽医容易吗？我的患者可从来不对我讲它到底哪里不舒服，而只会像我刚才那样安静地待着……"

步兵的习惯

在某个特定环境养成的习惯，在变换环境以后别忘了改掉。

撰文/佚名

有个经历过很多战争并得过很多勋章的步兵退伍了。刚回到城里，他的朋友就给他介绍了一个女朋友，于是他们俩将进行一次约会。

在步兵出门之前，朋友给了他很多忠告："你可能在战争中经历过很多事，但恋爱方面的事你要听我的。第一，你下车后要替女朋友开门；第二，女朋友入座时你应站在她的椅子后帮她；第三，她说话时你要温情地看着她；第四，她需要什么东西你一定要抢先做好，不要让她动手。"那个步兵点点头，然后走了。

第二天，朋友打电话问步兵昨晚的约会进展如何。步兵沮丧地说："我没有希望了！"

朋友问他："你是不是忘了替她开车门？"

步兵说："不，我替她开了车门，她很高兴！"

朋友又问："你是不是忘了帮她入座？"

步兵说："不，我帮她入座，她说我是个绅士！"

朋友又问："你是不是在她说话的时候东张西望？"

步兵说："不，我一直看着她。她说我很温柔，并且说我的眼睛很有魅力！"

最后朋友问："那你是不是在某些事上让她自己动手了？"

步兵叹了口气，说："如果真是这样就好了。我们回家时，她说口渴，于是我就跑去替她买饮料……"

朋友说："那很好呀！"

步兵又说："可是出于多年的习惯，我一拉开饮料罐，就向她砸了过去，自己躲到了草丛里……"

车胎

别以为说谎能掩饰过失，那只会将事情搞得更糟。

撰文/佚名

汤姆、彼得、戴维和查理在大学攻读金融专业。他们天资聪明，再加上勤奋刻苦，课堂提问、大考试、小测验、论文均能过关斩将。就连面临令大家头疼的期末考试，他们也还是一副泰然自若轻轻松松的模样。

后天是考试的最后一科——会计。四人觉得十拿九稳，没有复习的必要了，于是第二天参加了一个狂欢活动。他们玩得陶醉忘我，而且喝了不少酒，一觉竟睡到第二天天亮，一看表——考试已经开始了。

四个人全傻了眼，沮丧地开车往回赶。

"赶不上考试怎么办？"汤姆打破沉默。

"承认错误吧，也许教授能给个机会。"彼得说道。

"笨蛋，承认了就没有机会了。"戴维不同意。

　　"要不，就说我们一早就起程了，但是在半路上车胎爆了，所以误了考试，怎么样？"查理建议道。

　　大家一致同意用这个借口试试，并做好了演戏的心理准备，进入了戏中角色。最后教授真的被说服了，仔细地考虑了一会儿之后，说道："好吧，明天上午给你们一次补考机会。"

　　四人担心教授故意为难，无不加倍用心地准备考试。在熬了整整一个通宵后，他们准时来到指定的考场。教授把四人分别安排在四个小教室里，给每人发了一张卷子。四人拿到卷子后，这才发现形式远比想象的更严峻，只见上面的试题只有两道：

　　一、名词解释：借贷记账法。（5分）

　　二、简答：车的哪个轮胎爆了？（95分）

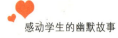

迟到的原因

在谎言的基础上，是无法延伸出真话来的。

撰文/佚名

25名士兵由于迟到受到审讯。

第一名士兵向连长解释说，早晨他从家里出来时，先穿过了一大片树林，由于走累了，便在那里歇了一会儿，吃了些饼干，可不久便睡着了，等醒来时才发现误点了，于是他蹿上邻居的一匹马直奔车站。可不巧的是，马在途中摔死了，因此他未能赶上火车，只好徒步赶来，所以迟到了。

接下来的23名士兵说的也是同样的理由。

当审讯最后一名士兵时，连长已经猜到他会说同样的理由，便直接问："你也曾穿过树林吗？"

"是的，连长先生。"

"你也在那里睡着了？"

"是的。"

"醒来时发现晚了？"

"是的。"

"你是不是也蹿上了邻居的马呢？"

"没有。"

"乘汽车时抛了锚？"

"也没有。"

"那是怎么回事呢？"连长不禁疑惑起来。

"我既没有骑马，也没有坐汽车，连长先生。但是我在去车站的路上，看见了许多横躺竖卧的死马，简直使我走不过去，因此我也未能赶上火车。"

吃河豚鱼

不要自作聪明，因为不揭穿你的人不一定比你笨。

撰文/佚名

河豚吃起来味道鲜美，但是如果处理不好的话，会使人中毒。

一天，一群朋友聚在一起。其中一个人说："有人送给我一些河豚，谁敢先品尝一下？"

大家想吃河豚又怕送命，所以没有人答话。

这时，有一个人建议说："桥头上有个乞丐，我们不妨让他先尝尝，然后我们看看情况再说。"众人纷纷说好。

他们烧了一锅河豚鱼汤后，送给乞丐一碗，告诉他说："这是河豚鱼汤，送你一碗尝尝。"

乞丐一边道谢，一边伸手接了过去。

大家回去后，耐住性子等了一会儿，然后蹑手蹑脚地走到桥头去查看，发现乞丐仍安然无恙，便放心大胆地回来美餐一顿。

　　吃完以后，这几个人得意地走上桥头，问乞丐："那碗河豚鱼汤的味道挺不

错吧？"

　　乞丐反问道："你们已经吃过了？"

　　几人说："吃了，味道好极了！"

　　乞丐说："既然如此，那我就不客气了。"

　　说罢，他端起一直放在旁边的那碗河豚鱼汤，狼吞虎咽地吃了起来。

大水冲了龙王庙

每个人都扮演着很多种角色，而且时刻进行着角色转换。

撰文/郭莹

我是做人寿保险的，上周从一家俱乐部搞到一份会员通讯录，周一一上班，就挨个儿打电话过去推销。快中午了，我想，再打一个就去吃饭。

电话通了，我问："您是黄先生吗？"对方回答是。我说："您好，我是××保险公司的，我们新推出一种终身寿险产品，向您介绍一下。"

"对不起，我现在没空！"

我耐心地说："就占用您几分钟时间。我们是外资企业，回报率是很高的，还可以帮您办信用卡。"

"噢？有多高啊？"看来有戏，于是我熟练地把一大堆数据报给他。他想了一下说："听起来不错，不过我还有个问题。"我忙说："有什么问题您尽管问，我一定知无不言、言无不尽。"

　　"口说无凭，我怎么确定你的身份呢，现在骗子这么多。""您放心，我可以登门拜访！""眼见不一定为实，书面的东西也可能造假啊！"

　　真难对付！我想了想说："这样吧，我把我的资料给你，你可以到我们公司查询。""好吧，那我来问你，你可要老实回答！""好吧！"

　　"你的姓名、年龄、手机、通讯地址……"我都告诉了他。然后他又问我："既然这种保险这么好，你买了吗？"我说当然买了，还有我老公、弟弟、父母都买了。

　　他语气一转："那你们家的房子、家电都买保险了吗？"我实话说没有，觉得没必要。

　　他激动起来："光有寿险不叫真保险，你想想，假如房子被烧了，或者家里的东西被偷光了，那日子怎么过呀，总不能睡大街上吧，到时候寿险能帮上什么忙呢？"我忙说："那是、那是。"

　　他马上接着说："郭小姐，买一份财险吧，我是××保险公司的，我们新推出一种财险产品……"

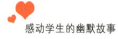

大学法律课

谎言终究会被拆穿，正如纸包不住火。

撰文/佚名

大二的时候，我们选修了法律课。法律老师有个癖好，那就是喜欢提问，而且提问之前必定高声重复一遍问题。

有一次我们正在上《民法通则》，突然老师又提高声音开始提问。所有同学都恐惧地盯着老师，心里默默祈祷自己不会被他在名册里点中。"25号！"老师点道。教室里一片沉默。张三正在发呆。

"25号——张三！来了没有？"老师重复道。刷！整个教室的人都看着张三。

"没来！"张三大叫。同学们都愣了，不过很快又开始佩服张三的勇气。

"为什么没来？"老师又问。

"他病了！"张三无奈，只得撒谎。全班一阵哄堂大笑。

"太不像话了，回去告诉他，让他下午到办公室来找我！"全班同学又是一场大笑。

张三正在为逃过一个问题而感到庆幸时，老师又补充道："那这个问题你替他回答吧！"

"啊？"张三极不情愿地站起来，郁闷之情可想而知。教室里已经有人笑痛肚子了。

"报告老师，这个问题我不会回答。"张三心想反正也不会答，于是理直气壮起来。

"那好，下午两点和张三一起到我办公室来！"老师怒气冲冲地说道。所有同学都笑个不停。

从此，法律课无一人敢说某某没来。

多此一举

撰文/佚名

军队征召动物们从军打仗，于是，森林里的动物不管愿意与否，全都被叫来体检。

排在第一位的猴子不想从军。他想了想，最后眼睛盯在自己的长尾巴上。他一咬牙，狠下心来把它折断，然后进了体检处。

军医帮猴子检查一番后，说："既然猴子的尾巴断了，是残障，那么就不用当兵了……"

排在第二位的兔子也不想从军，当他看到猴子的行为后，毅然决然地把自己的两只长耳朵折断了，然后进了体检处。

军医帮兔子仔细检查后，说："兔子的耳朵都断了，是残障，也不用当兵了……"

　　排在第三位的黑熊也不想从军。他想：我的耳朵那么短，尾巴也不长，我该怎么办呢？

　　好心的猴子和兔子来帮他想办法。

　　忽然猴子说："我想到一个好办法：把你的牙齿打断，那样你就算残障了，就不用当兵了！"

　　黑熊也觉得这是个不错的主意。于是猴子和兔子狠狠地打了黑熊一顿，直到把他的牙齿全部打断，不放过一颗。

　　黑熊虽然很痛，但还是很开心地进去体检了。

　　不一会儿，黑熊捂着嘴出来，边跑边哭着说："他们说我不用当兵了！"

　　"那你还哭什么？"猴子和兔子都很奇怪。

　　黑熊哭得更厉害了，说："你们知道他们是怎么说的吗？他们说我太胖，本就不能从军的。"

飞向大海的鸟

如果事先不做好调查的话，也许只会做一些无用功。

撰文/段明贵

一群鸟儿生活在沙漠边缘。那里阳光暴烈，空气干燥，食物奇缺……最难以忍受的，是那里水贵如金。它们常常渴得嗓子冒烟，翅膀发软，但找水却难似登天。

一天，一只鸟儿提议说："我听说大海里有很多水，无边无际，多得无法计算。我们不如搬到海边去居住，何必死守在这个严重缺水的鬼地方呢？"

另一只鸟儿说："你的想法确实很好，但大海离我们太遥远了，我们能飞到那里吗？"

"不管大海有多远，只要不灰心，我们总可以飞到的！"

"对，我们齐心协力，再远也不怕！"

赞成搬迁的鸟儿很快聚集到一块儿，向海边飞去。

飞往大海的路真是千难万险：有时，狂风暴雨劈头盖脸地打来；有时，高山挡住去路；有时，疲劳疾病摧残身体。但是，这一切都无法动摇它们飞向大海的决心。

一路上，同伴们一个个地倒下了，但是剩下的仍然不屈不挠地向大海飞去。

一天又一天，它们终于飞到了大海边！看到眼前一望无际的海水，它们激动得大哭。

鸟儿们用力地挥动双翅扑向大海，伸长脖子，准备痛痛快快地喝个够。可是，刚喝了一口，一个个又都哇哇地吐出来。它们怎么也没有想到：海水竟然这么咸、这么涩！

鸟儿们呆了：在来大海之前，居然忘了问海水能不能喝！

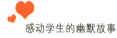

高科技手表

要知道，这世界上没有绝对完美的东西。

撰文/水淼

一天，在一座飞机场前。一个人想赶飞机，却忘记了带手表，于是他想找个人问问时间。

这时，他看见一个人提着两个巨大的手提箱吃力地走了过来。那人的手腕上戴着一块异常漂亮的手表。

"请问，几点了？"他问道。

"哪个国家的时间？"那人反问。

"哦？"这个人感到很奇怪，"你都知道哪些国家的时间呢？"

"所有的国家。"那人回答道。

"哇！那可真是一块好表呀！"

"还不止这些呢，这块表还有GPS卫星定位系统，可以随时收发电子邮件、传

真，这个彩色的屏幕还可以收看NTSC制式的电视节目。"那人给他逐一演示，果真如此！

"啊！真是太神奇了，我真想拥有一块这样的手表。您可以把它卖给我吗？"这个人充满了无限的期待。

"说实话，我已经烦透这块表了。这样吧，900美元，如何？"

这个人觉得有点贵，但是他太喜欢这块表了，于是马上掏出现金，给了那人900美元，说："成交！"

"好的，现在，它是你的了。"那人如释重负，把手表交给他，"这个是你的手表。"

这个人欢天喜地地戴上这块神奇的手表后，转身就要走。

"先生，请等一下！"那人又叫住了他。

"怎么，我不是已经付过钱了吗？"这个人疑惑地问。

"是的，但是你忘记拿东西了。"那人指着地上的两个大箱子说，"这两个是电池！"

故事的意义

不是所有的事情都有十分重大的意义的。

撰文/佚名

有一天要下课时，老师让全班同学回家后构思一个故事，并且要讲出这个故事所包含的意义。

第二天，老师鼓励第一个自告奋勇的学生到讲台旁，面向全班同学讲述自己准备的故事。

小苏兹举起了她的手。

她登上讲台，说："我爸爸有一个农场，每个星期天我们都把所有的鸡蛋装进篮子，再放到卡车上，送到城里的市场上去卖。但是有一个星期天，我们的卡车在路上撞了一下，结果所有的鸡蛋都从篮子里飞出来，跌落到地上了。"

老师问这个故事的意义是什么。小苏兹回答："不要把所有的鸡蛋都装在一个篮子里。"

下一位是小比利。

他说："我叔叔泰德参加了第二次世界大战的战斗。他的飞机在经过敌占区上空时被炮火击中，他在飞机坠毁前跳了伞，当时身上只带了一罐啤酒、一挺机枪和一把弯刀。在下落的过程中，他喝下了那罐啤酒。不幸的是，他正落到100名德国士兵中间。他先用机枪毙了70个敌人。子弹打光后，他用弯刀杀死了20个敌人。弯刀卷了刃以后，他又赤手空拳打死了10个敌人。"

老师吃惊地看着小比利，问他这个故事有什么意义。

"当然有意义，"小比利回答道，"泰德叔叔喝醉后可不要惹他。"

广告自留地

小心自己被别人利用时还蒙在鼓里。

撰文/余维庆

　　王大妈早上起床，发现外墙又贴满了乱七八糟的小广告。她家的房子临街，而且处于繁华路段。虽然隔几天清理一次，但那些广告却层层叠叠屡撕不绝。这让王大妈感到很苦恼。

　　孙子王强是学经济专业的，他笑着说："既然咱家的'广告位'这么热门，何不收收租金呢？反正您每天也就在门口打打麻将聊聊天的。"说干就干，他还真的在墙上用红漆规划出一个广告栏来，分了类，又拟定了收费标准：20cm×20cm的每月月租4元，50cm×50cm的月租……附近的小广告平时到处乱贴，不是被撕就是被覆盖，笔墨纸张浪费不少，效果却不是很好。王大妈这边收费便宜，而且还多了个管理员，还真有些贴广告的找上门来交费。

　　王大妈每月多了些零花钱，也上心了。她白天摆个小板凳在那守着，晚上还偶尔来巡夜。那些被人在夜里偷贴上的广告，白天也会被她清理掉；而那些遭破坏的客户广告，她就拿糨糊给修补好。王大妈虽说不识字，可一个月下来，也能落入一两百块的零花钱，她觉得很高兴。

经营了几个月，生意却慢慢地惨淡下来，一些老客户也都撤掉了。王大妈虽然心里疑惑，但是也没怎么去想。这一天孙子王强从学校放假回家，听王大妈说了这件事，就走过去参观了一下，然后他竟哈哈大笑起来，指着一张广告说："奶奶，你被人骗了！"

那张广告是王大妈最大的固定客户，只见上面写着："广告位招租，位于繁华路段的××街广告栏是您理想的选择。20cm×20cm的每月月租2元，50cm×50cm的月租……"

鬼心眼儿

要记住，你信赖的人也可能背叛你。

撰文/佚名

在土耳其的一个小镇里，刚刚发生了一宗银行抢劫案。劫匪抢劫了大批现金后逃离了现场。

警察接到消息后，急忙出动，封锁了现场。从蛛丝马迹中，警长很快查到了劫匪的去向。

就在劫匪刚刚把钱藏好时，警察赶来将他逮捕了。由于劫匪是从太平洋的那一边偷渡过来的，又不会讲英文，警长只好请来格拉斯当翻译。

"你将从银行抢来的钱藏到哪里去了？"警长问。

格拉斯将这句话翻译出来，然后问劫匪。

劫匪显然能够听懂格拉斯的话，但他就是不开口。

经过一个小时枪炮轰炸似的拷问，劫匪仍咬紧牙关，坚持不肯说出钱到底藏在

哪里。

又经过几个小时软硬兼施的拷问，劫匪仍旧顽抗到底，闭口不提藏钱的事。

时间过去了这么久，劫匪仍没有一点儿松口的意思。没办法，警长只好扮起黑脸，他用力把桌子一拍，咆哮着叫格拉斯翻译给劫匪："告诉他，如果他再不说，就把他枪毙！"

格拉斯当时就忠实地把警长的意思传达给劫匪。

劫匪的心理防线终于崩溃了，他吓得战战兢兢，语无伦次，慌忙对着格拉斯招供："麻烦你告诉他，钱就藏在镇中央的井里，求你叫他饶我一命吧！"

不料，格拉斯转过头来，神情凝重地对警长说："这家伙嘴硬，宁死不招。他刚才说，让你毙了他吧！"

害臊

尽量做一个让大家喜欢的人吧，那样你会更快乐。

撰文/佚名

　　南斯雷丁的绝大多数邻居都是容易相处、令人愉快的人。他们在遇到麻烦事时，随时都能热心地互相照顾。不过，在这条街上，也住着这样一位妇人，人人都讨厌她。因为她老是鼻子伸得长长的去干涉别人的事，而且，她还老是向别人借东西，而这些东西又大多"忘记"归还。

　　一天清晨，南斯雷丁刚起床，便听到有人敲他家的大门。他赶紧去开了门，发现那个讨厌的妇人正站在门外。

　　"早上好，南斯雷丁，"那妇人笑嘻嘻地对他说，"今天我要上城里的姐姐家去，当然了，我要带些东西送去。可是你看，我们家没有驴子，所以，我想向你借头驴子。我晚上回来就还你。"南斯雷丁立刻想起了自己的那些"马上就还的"汤锅、鸡、鱼……的命运。于是，南斯雷丁叹了口气说："很对不起，要是我的驴子在家里，我自然很高兴把它借给你，可是不巧得很，驴子不在。"

"哦？"那妇人有点儿不高兴了，"它昨天晚上还在吧？我看见它就在你家的后院里。它到哪儿去了？"

"我妻子今天一大早就牵着它上城里去了……"可就在这时，后院的驴子竟然大叫了起来。

"你在撒谎，南斯雷丁！"那妇人拉长了脸，怒气冲冲地叫了起来，"我听见你的驴子在叫呢！你真该为自己害臊，因为你竟然对你的邻居撒谎！"

"该为自己害臊的是你，而不是我！"南斯雷丁不慌不忙地回答，"你竟然不相信你的邻居，而去相信一头驴子的话！"

后继有人

凡事不要太悲观，因为可能会出现意想不到的结果。

撰文/佚名

有一个扒手在外省做得非常成功，于是想到伦敦去碰碰运气。后来，他在伦敦获得了更大的成功。

一天，他正在牛津街上忙着，突然发现自己的钱包被人偷走了。他向四周张望了一下，看到一个非常迷人的金发姑娘正向远处走去。他一眼就认出那正是偷他钱包的人。他想：我已经是全伦敦最了不起的扒手了，没想到这位姑娘与我同样出色。如果我们结婚的话，肯定会生出世界上最伟大的扒手来。于是他就向姑娘求了婚，姑娘愉快地接受了。

两个扒手结婚后不到一年，就有了一个很漂亮的儿子。但这个孩子的右手臂有些畸形，胳膊弯在胸前，那只小手永远攥着拳头，无论用什么办法都不能使他的手指伸直。两个扒手非常伤心，他们说："他永远不能成为一个扒手了，因为他的右手肯定瘫痪了。"他们把孩子带到医生那儿，医生说孩子还太小，必须等几年再看。但是他们不愿意等，所以又去找别的医生。最后他们来到一个最好的儿科医生面前。

儿科医生掏出一块金表，想测定一下那条瘫痪手臂的脉搏。他说："似乎没有什么不正常。你们瞧，这孩子多么聪明，他的两只眼睛正盯着我的金表呢。"他把表在孩子的眼前来回晃动，孩子的眼睛紧紧地追随着它，散发着光芒。突然，那条弯曲的右手臂开始伸直了，伸向那块金表。

正在这时，只听到"当"的一声，从孩子的手心里掉下一只结婚戒指来。这时，扒手才想起来，孩子降生时助产士说丢了戒指。

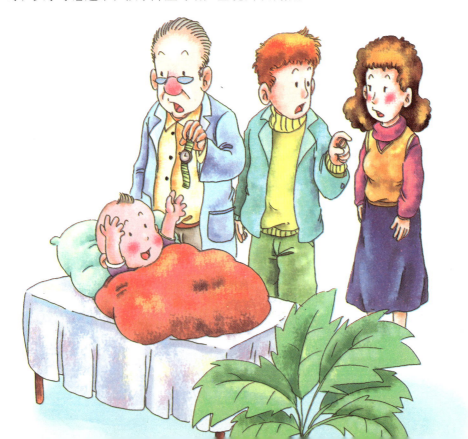

互发短信

如果你厌倦了被动的话，完全可以把事情转换为主动。

撰文/刘克升

这天，我来到王经理的办公室，准备向他汇报一起客户投诉的处理情况以及近期问卷调查的结果。

突然，王经理的手机"叮"地响了一下。听声音可以判断出：有人给他发短信了。

王经理打开短信看了一下，露出不耐烦的神情，他挥了挥手，示意我继续汇报情况。

我刚接着汇报了两句，没想到这个时候王经理的手机"叮"地又响了一下，我的话又被打断了。

"和前一条短信的内容是一样的！"王经理打开新收的短信看了看，皱着眉头念了起来，"尊敬的客户！为了给您的生活增添一份欢乐，我们通信公司将不定期

地向您提供精彩短信，每条短信按照优惠价进行收费。如果不愿意接收，请编辑短信发送到……"

"这不是典型的不同意的请举手吗？"王经理拿起圆珠笔，在便笺上飞快地写了几行字，"刘秘书，你把我写的这些内容编辑成短信，马上给通信公司的黄总发过去！你给我记好了，每隔五分钟给他重发一次，直到他回复为止！"说着，他把便笺递给了我。

我从王经理手里接过那张便笺一看，只见上面写的是："尊敬的客户！为了保障计费准确，我们供电公司将对您所居住的小区的电表进行统一更换，仅收取部分耗材费、施工费。如不愿意更换，请编辑短信发送到……"看完后，我对王经理说："我立即去办！"

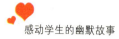

谎话的代价

世上没有不透风的墙，说谎话自然会露出马脚的。

撰文/邬锦晖

"喂，电信局吗？我是'心连心婚介所'。我的办公电话出现了故障。电话打不出，也打不进。对，可能是线路问题。请你们赶快派人来检修一下。地址？市胜利路238号。好，谢谢！"胡所长打完电话，顺手将手机放在座机旁。还没等她缓过神来，手机又响了。

"哦，是小青啊，怎么还没来上班？你打过电话？对，办公室电话坏了，我正叫人来修呢。什么？今天又有两个外地老板要来这儿登记？太好了，那你赶快过来吧。好，再见！"听说有人来登记，胡所长高兴得像个小孩子似的，甭提有多开心了。

"心连心婚介所"是胡所长从市妇联退休后开办的，开张还不到一个月，生意不错，报名征婚的人数已超过一百对。从营业以来，办公室的电话就接个不停。电话对于胡所长来说，真是太重要了！但就在这个时候，偏偏电话出了问题，这不是要胡所长的命吗。

正当胡所长为电话一事心急如焚时，从外面走进一个40岁左右的中年妇女。她一进门就冲着胡所长问："你是胡所长吧？"胡所长以为对方是来征婚的，高兴地迎上前去："这位小妹，你是来征婚的吧？"一边让坐，一边给对方倒了杯水。"我不是来征婚的，我要退钱！"中年妇女满脸不悦地说。胡所长一听，觉得不对劲儿，便笑着问道："你要退什么钱啊？"中年妇女喝了一口水，叹息说："我要退征婚登记的钱。你们说话不算数，说一个星期内帮我介绍个对象，可现在都过去十多天了，还没有消息。我还是去别的婚介所算了。"

　　到手的钱财怎么能随意送人呢？胡所长马上对中年妇女承诺说："小妹，这事可能是我的助手小青办的，她没有告诉我。我看这样吧，下午我给你一个准确答复。如果还不成的话，再退你钱，你看怎么样？"说着，她返回到办公桌前，拿起征婚登记本，从中选了一个对象，然后拿起电话准备打。电话里依旧没有声音，但聪明的胡所长决定将错就错。

　　"喂，刘总吗？我是'心连心婚介所'的胡所长。对，下午有空吗？我帮你物色到了一个对象，年龄在40岁左右。什么？哦，这个你放心，她长相很好，是个富婆相，你一看包中。哈哈，到时别忘了请我吃喜糖啊。那好吧，就这样。"胡所长拿着无声音的话筒胡扯了一通后，笑着对中年妇女说："小妹，我帮你联系好了，下午就等我的好消息吧。"

　　中年妇女的脸上突然有了笑容，她站起身对胡所长说："大姐，那我就不打搅你了，你忙吧，我等你的消息。"

　　送走中年妇女后，胡所长瘫痪一般地倒在自己的转椅上，她看着眼前的电话，心里感叹道：刚才要不是电话解围，一大早就遇上麻烦了。胡所长正想着，突然听到楼梯口响起了"橐橐"的皮鞋声，而且正慢慢地朝她的办公室走来。她以为又是来征婚的，便灵机一动，想有意制造一个假象，让别人感觉她的婚介所生意不错。于是，她趁着那人还没有走进办公室，拿起话筒，一边假装打一边看着门外："喂，你好，我是'心连心婚介所'。好，你说吧，我给你登记。年龄，35至45岁之间，个头1米6左右，长相要过得去。"

正说着，小青带着一个中年男子走进了办公室。她向小青挥了挥手，示意他们等等。"我看这样吧，"胡所长继续说道，"你最好来一趟，到我办公室来谈。现在我这里征婚的人太多，忙不过来。什么，你准备来我这儿看看？那好吧，欢迎欢迎，我在办公室等你，再见！"

胡所长放下话筒，高兴地对小青说："小青，你来得正好，看我忙得连早饭都吃不上，一大早电话就接个不停。"当她看到中年男子后，满脸喜悦地问道："请问先生，你是来征婚的吗？"

小青"扑哧"一声笑了起来，俏皮地对她说："胡所长，这是电信局的张师傅，他是来帮我们检修电话线路的。"

假钱是这样花出去的

唯利是图反而会让一个人失去得更多。

撰文/丁文

这是一张毫无疑问的假钱，因为它已经经过5台验钞机的验证了。

我每月的收入就是单位里发的那些死工资，因此我可以断定，这张假钱是单位发的，但是，我没有任何证据。我手握这张假的一百元钱，感觉它在我的手里是沉甸甸的。别看这薄薄的一张纸，它可是我3天的劳动收入啊！我怎么舍得把它撕毁呢，我得把它"花"出去。

商店，我是断然不敢去的。现在商店的柜台上大多放着一台验钞机。要从他们的眼皮底下把这张假钱混过去，那几乎是不可能的事。

于是，我去了菜市场，把眼光瞄向那些老眼昏花的老头儿老太太。那个老头儿，看上去都有六七十岁了，挑了一担青菜在卖："绿油油的青菜，每斤只卖5毛钱！"我装模作样地挑着青菜，内心却作着激烈的思想斗争。要不要把假钱拿出

来呢？要知道，他这一担青菜就是卖完了，也卖不了50元钱啊。最后，我称了两斤菜，接着从口袋里摸出一个1元的硬币。

就这样，我在菜市场转了大半天，最终只买了两斤青菜。我泄气了，像我这样的人，终究是不能把假钱"花"出去的。突然听得"咕"的一声，我才发现自己还没有吃早饭呢。于是，我踱进一家小饭馆，要了一碗肉丝面吃了起来。

吃完之后，我问多少钱，老板说5元。我一惊，肉丝面一直都是3元一碗的。我把兜翻了个底朝天，只有4元钱。"我先给你4元，回头再给你1元行不？""想赖账是不是？你这样的人我见多了。"他一把抓过我手里的那张假钱，"这不是钱吗？"说着，利索地找了我95元。

我大气不敢出一口。真没想到，这张假钱最终竟以这样的方式"花"了出去。

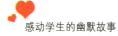

简便的方法

不要以为受到别人关注只有益处，别忘了缺点也会被放大。

撰文/佚名

一天上午，早报的主编杰克斯泰然自若地走向一间阅览室。他想调查一下自己的报纸受欢迎的程度。

阅览室里面人很多，大家都在安静地阅读。杰克斯走进去看了看，很快被眼前的景象感动了：许多人伏在桌子上，仔仔细细地读他主编的那份早报。

"女士们，先生们，你们好！"杰克斯几乎不能自已，走上前去激动地说。

大家听到他的话语，纷纷停止阅读，抬起头看着他。

杰克斯见大家注意到了自己，于是热情洋溢地接着说："我是这份早报的主编，看到这么多人这样认真地阅读我们的报纸，我深受感动。感谢大家一直以来对我们的支持，同时欢迎大家提出宝贵的意见和建议，以便我们日后改进。请相信我们，我们将用尽全力，更加出色地做好这份报纸……"

"可是，主编大人，"一位青年接过了话题，挑了挑眉毛说，"您没有注意到我们在统计着什么吗？"

　　"这个……"聪明的杰克斯思索了片刻后说，"大家一定是在统计这份报纸上有几个印错的字吧？请大家放心，我们会继续努力，将差错率降到最低！"

　　"不，"那位青年皱着眉头，摇了摇头说，"我们没有那么多时间来统计印错的字，我们只是在统计印对的字！"

建筑速度

不要总是带着批判的眼光看别人的东西。

撰文/佚名

一天，某国的一个旅游团队乘坐着一辆大型游览车，在华盛顿进行城市观光。

一路上，司机边开车边进行解说。大家一边观览着城市的景色，一边赞叹城市建设的速度。

游览车来到一座高楼前，司机告诉大家："这栋大楼花了好几百万美元，用了一年半的时间就建成了。可以说是建筑史上的奇迹！"

接着，大家唏嘘不已，都为如此高的建筑用如此短的时间就建成了而感到由衷地赞叹。

这时，人群中一位矮小的老妇人尖声说："在我们彼阿雷亚，建造这么一座楼，根本不用花这么多钱，也不用这么长时间。"

司机闻言，没有说什么。

　　游览车开到了司法部大楼前，司机又解说道："这栋大楼花了数百万美元，用了两年的时间建成。"

　　大家再次被震撼了，多么宏伟庄严的建筑啊！

　　这时，那位矮小的老妇人又把刚才说过的话重复了一遍。司机开始觉得不舒服了。

　　最后，汽车经过华盛顿纪念碑时，司机特地把车速放得很慢，却一句话也不说了。

　　这时，矮小的老妇人忍不住了，对司机大声嚷道："喂，司机，这是什么？"

　　司机头也没回，就说："对不起，太太！这个我可不知道。因为昨天这里还没有它呢！"

来生变父亲

父爱虽不像母爱那样细微，但却一直守护在我们身边。

撰文/佚名

古时候的一天，一个富翁把三个欠自己债的人都叫到自己家里，吩咐说："你们如果真的一贫如洗，今生无法还债，我就不强迫你们了。但是你们要对我发誓，说清楚来生怎样偿还，那样我就把借据烧掉，从此清账。"

话音刚落，欠债最少的人马上说："我愿来生变马，给您骑坐，为您拉车，以还今生的债。"

富翁听了很满意，点点头，把借据烧掉了。

欠债稍多的人见状，想了想说："我愿来生变牛，代替主人出力，耕田耙地，以还今牛的债。"

富翁听了，捋了捋胡子，笑着点点头，把他的借据也烧了。

这时，只剩下欠债最多的一个人了。屋子里寂静无声，大家都想知道他会怎样说。

突然，他一拍脑门，说："我愿来生变成您的父亲。"

财主听了大怒，咆哮般大喊道："你欠我那么多银子，我也就不跟你计较了。可你现在不但不还，反倒要占我的便宜，你居心何在？"说着就要打骂。

欠债最多的人连忙解释说："请您息怒。是这样的：我欠的债实在太多了，不是变牛变马所能还清的，所以我情愿来生变成您的父亲，做大官，发大财，劳苦一生，不顾自己的身体和性命，积成这样大的房产家业，自己不肯享用，全部都留给你慢慢享用，这样不就可以还清欠您的债了吗？"

劳力士手表

如果把钱财看得过重的话，它就会让你惊慌失措。

撰文/蔡成

　　台湾的伯父回内地，送我一块手表。手表装在一个精美的绿色盒子里，说明书是英文的。我的英文水平很差，懒得逐字逐句去阅读它，也就不管它是什么牌子，只将表拿出来戴在手腕上。

　　偶然一个机会，我去深圳世界名表中心闲逛。顺着柜台慢走的我眼睛突然发呆了——老天，玻璃柜台里正摆着跟我手腕上一模一样的手表，"劳力士"牌子，标价竟然将近10万元！我一阵狂喜，又一阵慌乱，当即顾不上逛街了，赶紧将手揣进裤兜里，然后打的回家。

　　我回到家第一件事便是脱下腕上的"劳力士"手表，小心翼翼地放回那个精美的盒子里。为了将盒子藏好，我很费了一番工夫。从抽屉折腾到衣柜，最后故意用旧报纸随便一包，然后塞进床底一个鞋盒里。但刚从床底爬出来，我又忐忑不安

了，觉得那仍不是最佳地方……我折腾了很久，心里却越折腾越慌。当晚，我躺在床上辗转反侧，无论如何也睡不着，眼前和心里总晃动着那块昂贵的劳力士手表。

接下来的日子，白天我上班老走神，无时无刻不惦记着藏在家里的那块价值近10万元的世界名表，晚上则面临着越来越严重的失眠。

一天，有个要好的朋友来玩儿。我忍了很久，实在忍不住，躲进房间鼓捣好一阵，终于把藏在梳妆台抽屉斜角夹缝里的劳力士手表掏出来，乐颠颠地向朋友炫耀："看！我伯父送我的，劳力士，商场标价10万块呢。"

见多识广的朋友将手表拿在手上，仔仔细细端详了几分钟，然后满脸遗憾地告诉我："这不是真正的'劳力士'，是假冒货，顶多值1000元！"

听了朋友的话，不知为何，我有些许失望之外，更多的是忽然间觉得全身放松下来。

理由充足

切记，所有情况的产生都有它自己的前提。

撰文/佚名

在一列开往日内瓦的快车上，列车员来到车厢检票。乘客们纷纷找出自己的车票，让他检查。

这时，坐在车厢中间的一位先生手忙脚乱地寻找自己的车票，他几乎翻遍了自己所有的衣袋和皮包，最后终于找到了。他擦了下头上的汗，自言自语地说："感谢上帝，总算找到了。"

"找不到也不要紧，"坐在他旁边的一位绅士轻松地说，"我去过日内瓦20次了，都没买过车票。"

他的这句话正巧被站在一旁检票的列车员听到了，于是当快车到达日内瓦车站后，这位绅士被带到了车站旁的拘留所里，并受到警察严厉的审问。

"你说过，你曾20次无票乘车来到日内瓦？"警察先是小心翼翼地试探着问。

"是的，我说过。"绅士点点头。

"要知道，这是违法行为。"警察严肃地说。

"不，我不这么认为。"绅士耸了耸肩膀。

"那么，你将如何说服法官，证明你无票乘车是正当的行为呢？"警察一脸疑惑地问。

"很简单，警察先生，那20次都是我自己开汽车来的！"绅士笑着回答。

律师的幽默

再美妙的语言，也遮盖不住丑恶的事实。

撰文/佚名

一位老人病入膏肓，临死前将他的神父、医生和律师叫到床前，送给每人一个装有30000美元现金的信封。老人希望在他死后能够有足够的钱来长眠于天堂。

于是在老人的要求下，神父、医生和律师都保证在他死后将信封放入他的棺材中。

几周后，老人去世了。在守丧过程中，神父、医生和律师都按照老人生前的嘱托，每人将一个信封放在老人的棺材中，并祝福他们的委托人安息。

几个月后，这三个人在一间酒吧里偶遇。

当他们谈起这件事时，神父首先深表歉疚地说："其实我放进棺材的信封里只有20000美元现金，因为我认为与其全部浪费，还不如将一部分送给福利机构。"并恳切地请求大家谅解。

律师的幽默

53

　　医生被神父的诚挚深深打动了，于是他接着说："我也必须要说，我放的信封里其实只装了10000美元现金，其余20000美元现在在一个医疗慈善机构保留着。我同样认为不应该把钱无谓地浪费掉，而应该做一些更有意义的事情。现在我请求在神父面前忏悔，请求上帝宽恕我的罪过。"

　　这时，律师显然对神父和医生的自以为是深感气愤，对他们的恶劣行为非常失望。律师对他们喊道："我是唯一一个对已经死去的朋友守信的人！我想让你们两个清楚的是，我在信封里放入了全部的金额，这一点是毋庸置疑的——因为我在信封里放入了一张总计金额为30000美元的私人支票。"

马尔济斯犬 ★

千万别忘了，生存是发展的基础。

撰文/阎涛

一天，我闲来无事，于是打开电视，正巧里面正在播放大学生就业难的节目。

我妈看了一眼，自言自语地说："你说挺好的脑子，挺高的文凭，怎么就找不着工作呢？"

其实我也不明白，越想越纳闷儿，就想下楼遛遛。走着走着，看见路前面趴着一只狗。它脏得很，看样子是被主人抛弃了。我是个非常爱狗的人，看这只狗怪可怜的，就毫不犹豫地把它直接抱回了家。

把它洗干净了我再一看，好家伙！这是只马尔济斯犬。看着它那锃亮的毛皮，炯炯有神的眼睛和那微微上扬的头，和刚才简直是"判若两狗"啊，浑身上下无不透露出"名贵"二字。我心想一定要好好喂养它，还要把它送还给它的主人。

可这狗在我家没两天就死了——因为它不吃东西！我家条件不算太好，每次喂它吃的东西，它都看不上眼，更别说吃了。它就这么活活饿死了。

唉，想想也怪可惜的，你说那么好的狗怎么就不能先屈就一下呢？过两天我找到它的主人不就把它送回去了吗？到那时好吃好喝的不就应有尽有了吗？

过了几天，我打开电视，里面又是大学生就业难的节目。我上前"啪"的一声关上了电视，叹了口气，只说了一句："唉……马尔济斯犬呀！"

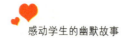

马克·吐温刷围墙

假如你够聪明，就可以把痛苦的事变为愉快的事。

撰文/佚名

马克·吐温小时侯，有一天因为逃学，被妈妈罚去刷围墙。围墙很长，而且比他的头顶还高出很多。他把刷子蘸上灰浆，刷了几下。看着那么长的围墙，他灰心丧气地坐了下来。

这时，伙伴桑迪提着水桶走过来。"桑迪，你来给我刷墙，我去给你提水。"马克·吐温建议。

桑迪有点儿动心。可是眼看大功告成，桑迪的妈妈把桑迪喊走了。

一会儿，又一个伙伴罗伯特走来，还啃着一个松脆可口的大苹果，引得马克·吐温直流口水。

突然，马克·吐温十分认真地刷起墙来，每刷一下都要打量一下效果，活像是一个大画家在修改作品。

"我要去游泳。"罗伯特说，"不过我知道你去不了。你得干活，是吧？"

"什么？你说这叫干活？"马克·吐温叫起来。"要说这叫干活，那它正合我胃口，哪个小孩能天天刷墙玩儿？"马克·吐温卖力地刷着，一举一动都显得特别快乐。罗伯特看得入了迷，连苹果也不那么有味道了。"嘿，让我来刷刷看！"

"我不能把活儿交给别人。"马克·吐温拒绝道。"我把带肉的苹果核儿给你吃！"罗伯特开始恳求。"我倒愿意，不过……"马克·吐温犹豫道。

"我把这个苹果给你！"马克·吐温终于把刷子交给了罗伯特，站在阴凉的树下吃起了苹果，看着罗伯特为这得来不易的权利努力刷着。

此后，一个又一个男孩子从这里经过，他们个个都想留下来试试刷墙。马克·吐温为此收到了不少交换物：一只独眼的猫，一只死老鼠，一块发亮的石头，还有四块橘子皮。

买眼镜

凡事都要弄清本质再入手解决。

撰文/佚名

有一个农夫，他看见那些读书看报的人都戴着眼镜，便决定自己也到眼镜店去买一副。

这一天，农夫进了城，来到一家眼镜店，对店主说："我要买一副眼镜，在看报纸的时候用。"

店主听后，从柜台里拿出一副眼镜给他。农夫把它戴上，然后拿起一张报纸看了起来。

看了好一会儿，农夫摘下眼镜，对店主说："这副眼镜不管用，请另外再拿一副吧！"

店主以为农夫的意思是嫌镜片度数偏低，于是又给他拿了一副度数高一些的眼镜。可是农夫戴上以后，又看了一会儿报纸，然后还是说看不清楚。

此后，店主又接连给他拿了五六副眼镜，但农夫不是说这副不管用，就是说那副不合适。

最后，农夫着急了，问店主说："先生，你这里到底有没有一副戴着能看报纸的眼镜？"

店主刚想说自己店里的眼镜都很好，戴着看报纸没有问题时，这才发现农夫把报纸拿颠倒了。于是店主十分恼火地问他："请问，你认识字吗？"

"什么？认识字？当然不了，先生。"农夫一本正经地说，"正因为不识字，我才要买眼镜呀！如果我认识字的话，那还买眼镜做什么呢？"

毛驴告假

千万不要欺骗朋友，因为那会使你们之间出现隔阂。

撰文/佚名

胡趣本是唐朝宫廷的杂戏演员，因皇帝赏识做了都知官。他平日里清闲无事，便经常骑上毛驴到朋友家下棋取乐。

他每次到朋友家，主人都热情远迎，并吩咐家童："快把都知的毛驴牵到后院，细心喂养！"

胡趣一待就是一天，不到掌灯，主人绝不肯让他回家。一天两天不新鲜，数月如此，他很为有这样一个难得的知心朋友而高兴。

一天，胡趣正与主人下棋，杀得难解难分之际，突然接到皇帝传旨，要他立刻进宫应差。

他不敢怠慢，急忙让主人把驴牵来。过了好一会儿仍不见主人出来，胡趣急了，奔进后院，只见毛驴浑身是汗，直喘粗气，正从磨盘上卸下肩来。胡趣这才恍然大悟。

第二天早晨，胡趱又来到友人家。主人仍像往常一样，习惯地拉开嗓门喊道：

"仆人们！多加草料，好好喂驴！"

胡趱笑着说："抱歉得很，今天毛驴来不了啦。"

主人奇怪地问："这是为什么？"

胡趱回答说："昨天回去以后，毛驴头旋恶心，卧在棚里起不来了。请您准它几天假，让它缓缓气吧！"

没想到

别以为河边的人就知道河水深浅，或许他和你一样只会猜测。

撰文/佚名

一天，一位司机驾驶着一辆载重卡车来到一条河边。他发现河上的小桥已经年久失修，根本无法将车开过去了。

恰好河边站着一个玩儿小手枪的小男孩。司机走过去问他："小男子汉，请你告诉我，这条河水有多深？如果我开着这辆大卡车的话，能过去吗？"

小男孩开始默不做声，只顾着玩儿他的小手枪。司机想了想，从钱包里抽出1美元，对小男孩说："假如你告诉我答案，这个就是你的了。"

小男孩抬头看了看司机，撇了撇嘴，然后从口袋里掏出10美元来，在他眼前晃了晃。

司机吐了一下舌头，又想了想，说："这样好了，假如你告诉我的话，我就把这个给你，你看怎么样？"说着，他扬了扬手中的巧克力。

"是的，我相信你可以这样做。你的车能通过这条河，先生。"小男孩看着巧克力，舔了舔嘴唇说。

司机相信了小男孩的话，于是把巧克力给了他。然后，他回到驾驶室，启动卡车，开着它向河里驶去。但就在他刚把车开进河里的一刹那，卡车就完全沉没下去了。司机开始惊慌失措，但他又很快镇静下来，拼命从驾驶室里爬了出来，奋力游到岸上。

"你为什么告诉我说可以开着卡车穿过这条河？"他对小男孩咆哮道，"它至少有30英尺深！我的车一下去就没顶了！我也差点儿因此送了命！"

"我确实没想到它会这么深，否则我也不会让你开车过去的。"小男孩一边舔着巧克力一边说。

"那你到底是怎么想的？"司机余怒未消。

"事实上，我只看到这条河的水才淹到鸭子身体的一半呢！"

没有想到的结局

不要光想着收获，还要想到可能为此付出的代价。

撰文/佚名

故事发生在2200年的夏天。

那天他到银行去领养老保险金，恰好在银行门口的广告橱窗里看到这样一则广告："美伊康保中心最新研制出恢复青春医疗整容术。经过整容，老人可以恢复青春。机会千载难逢，切勿错过！"广告下面是大幅彩色照片，一位老人整容后变成了朝气蓬勃的小伙子。

他的心"怦"然而动，血一个劲儿地往头上涌：恢复青春，这是人类多少年来的梦想啊！

他回到家里，在吃晚饭的时候，把医疗整容的事和老伴说了。老伴一听也很有兴趣："那咱们也去做呀，年轻多好！""可是，"他很为难地说，"咱们的积蓄只够做一个人的……"

老伴不出声了。这的确是一个难题，让谁去做好呢？

晚上老两口看电视直播足球比赛。两支球队选场地时，是靠裁判抛硬币的办法来决定的。他灵机一动，对老伴说："咱们也用抛硬币的办法来决定吧。硬币的正面朝上是我去，反面朝上是你去，怎么样？"老伴同意了。

他从口袋里掏出一枚硬币抛到了空中，硬币落到地上的时候他用脚踩住了。

两个人的目光都盯住了那只踩硬币的脚。把脚慢慢挪开时，地上的硬币是反面朝上。

那一夜，他们激动得几乎没合眼。回忆起年轻时浪漫温馨的时光，多么激动人心哪！

第二天，他陪老伴去医疗整容。和老伴一起进手术室的还有一位白发苍苍的老先生。

他坐在外面等待着，觉得时间特别地漫长。

不知过了多长时间，手术室的门开了，里面传来银铃般的笑声，那是老伴年轻时的笑声啊！

容光焕发、美丽动人的年轻老伴出来了！确切点说，是他当年苦苦追求的那个姑娘出来了。

他激动得腿直哆嗦，正在迎上去的时候，意想不到的事情发生了：一个年轻的小伙子从后面追上来，与姑娘两个人挽着手又说又笑从他身边走过去了！

老伴竟然不认识他了！

看那个小伙子的背影，得知他就是和老伴一块进手术室的那个老先生，他感到一阵目眩。

等再睁开眼睛时，眼前已经没人了。他转过头，看到墙上仍贴着那张广告，于是愤怒地冲了过去。正要伸手要往下撕时，他看到广告最下面有一行蝇头小字：

"美伊康保中心忠告：有人在恢复青春以后可能失去过去的记忆……"

鸟儿就是不说话

别把事情想得太复杂，也许它实际上很简单。

撰文/尹玉生

一个孤独内向的年轻人，决定买一只能言善辩的巧嘴鹦鹉陪他聊天解闷。

这天，他来到一家宠物店，说明了自己的情况。

老板指着窗边的一只鸟儿说道："那只鹦鹉是我这里最棒的，它会说1000个词汇，还会用50个成语呢，绝大多数场合它都能应付得了。它一定能成为你很好的聊天伙伴。"

年轻人听后甚是中意，将这只巧嘴鹦鹉买回了家。

第二天，年轻人返回宠物店，向老板抱怨道："这只鹦鹉不知道怎么回事，回家后一句话也不说。"

老板想了想，回答道："是有点儿不大正常。不过，这只鸟儿在这里的时候，喜欢玩儿玩具，我建议你买几样它喜欢的玩具放到它的笼子里。"

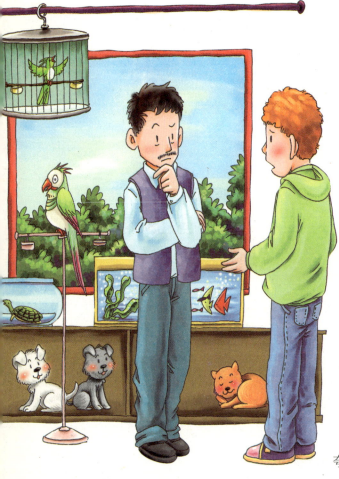

年轻人只好掏出钱来，在宠物店买了几样玩具。

两天后，年轻人又来了，说："鸟儿还是不肯说一句话，到底是怎么回事啊？"

老板回答说："嗯，是不是该给它买一个洗澡、戏水用的盆子啊？"

于是，年轻人又买了一个漂亮的水盆。

又过了两天，年轻人再次抱怨说，鸟儿到现在还是一个字都不肯说。

这次，老板也犯愁了，他挠着头说道："这只鸟儿喜欢听人夸奖它，在店里的时候，我常常摇晃这个铃铛表示对它的赞美。"

年轻人犹豫了片刻，虽然一百个不情愿，但还是买走了老板的那个铃铛。

好像已经形成了规律，两天后，年轻人又来了。这次老板猜测说，是不是鸟儿太寂寞，缺少个伙伴啊。

　　年轻人一脸愤懑地说，我前几天就专门买了一只小鸟陪它了。老板又建议年轻人再买一面镜子，让鹦鹉能在镜子里看到它自己。

　　两天后，年轻人再次返回到宠物店，不过这次是带着那只鹦鹉一起来的。老板注意到，那只鹦鹉已经死了。

　　"发生了什么事？它还是没开口说话吗？"老板看着死去的鹦鹉，惊讶地问道。

　　"不，死之前，它终于开口说话了。"年轻人木然地说。

　　"它说了什么话？"老板忙问。

　　"它说，"年轻人学着鹦鹉的腔调，说："啊，天哪！难道宠物店就不卖鸟食吗？"

农夫与智者

凡事都有很多不同的道理，就看你从哪个角度看。

撰文/佚名

一个农夫对黑格尔派和共产主义者经常谈论的辩证法——每一样东西都透过跟它相反的事物奋斗、冲突而进行感到很困惑。于是他来到一个智者面前。

智者说："这很简单，我用一个具体的问题来解释给你听。有两个人，其中一个很干净，另一个很脏，他们两个都走向一条河流，你认为他们中哪一个人会下去洗澡？"

"那个脏的。"农夫说。

"不，他为什么要洗？他已经习惯于他的脏，是那个干净的人想要保持他的干净。"农夫听了点点头。

智者又说："让我们再看一次。有两个人，一个脏的，一个干净的，他们走向河流，哪一个人会下去洗澡？"

"很简单，"农夫回答说，"那个干净的，因为他想要继续保持他的干净，所以会下去洗澡。"

"不，他为什么要洗，既然他已经很干净了？是那个脏的人要洗，因为他想要变干净。接下来让我们再看一次。两个人一起走向河流，他们中哪一个人会下去洗澡？"

"两个人都会下去。"那个农夫说，"因为干净的人想保持他的干净，脏的人想要变干净。"他很有自信地说他终于抓住了"辩证法"的要领。

但智者说："错，两个人都不会下去，因为他们为什么要下去呢？那个干净的人已经很干净了，而那个脏的已经习惯于他的脏。"

农夫张口结舌，说不出话来。

品位

盲目跟从只会让你迷失了自己。

撰文/佚名

　　某君家里刚刚装修一新，豪华气派，堪称家居艺术的经典之作。剩下的问题是，选择一种怎样的格调品味与环境相适应呢？

　　第一步就是戒掉喝茶的习惯改喝咖啡，茶具也要全部更新。咖啡弄到半成品，客人喝之前可以让妻子像模像样地在厨房里忙一阵，然后问："女主人的咖啡好喝吗？"

　　墙上自然是不挂年历了，换上一幅从朋友处讨来的油画，画框也极为考究。

　　原先存放的音乐碟作了清理，民乐、流行音乐一律淘汰，取而代之的是古典的西洋乐曲。主人自然也突击地弄懂了巴赫和斯特拉文斯基。

　　又购得了两件豪华睡衣，两口子穿上，在不大的房间里来回走，相互欣赏，期待门铃响起，好有机会拉开半条门缝，隔着脸儿说声："不好意思，请稍候。"

　　厨房当然也要增加品味，里面有事先准备的果盘，紫色的葡萄，鲜红的苹果，黄色的香蕉，高高低低地摆着，取名叫"静物"。

　　据说，他们最近又购进了一批酒具，女主人正在学习调制简单的鸡尾酒。以后，她打算这么问："酒，还是咖啡？"语气越随意越好，脸45°地偏着，让人感到那是从祖母就开始沿袭的传统。然后是高脚的酒杯，倒入一小注红酒，加冰块。下酒菜是绝对没有的，慢慢地抿上一口，再谈谈诗歌。

　　还有什么没有配套呢？主人和客人都在这么想。

　　认识他们的人都说，某君现在变得真热情好客啊！

签名

别以为自己是至高无上的，因为并不是所有的人都这样看待你。

撰文/木西

克林顿当美国总统期间，有一天他到一家医院视察。由于医生和病人们都想亲眼目睹总统先生，于是几乎把他围住了。

大家聊得很愉快。这时，一个十来岁的小孩子使劲儿挤到克林顿的面前，呆呆地看着他什么也不说。

克林顿弯下腰来问："小家伙，你有什么事吗？"

孩子挠了挠头，然后说："我十分想得到总统先生的签名，您能满足我吗？"

克林顿很高兴，笑着答应了孩子。他接过孩子的纸和笔，熟练地签起名来。

正当克林顿想把它们还给孩子时，孩子突然又说："总统先生，可以给我签4张吗？"

克林顿不明白了，纳闷儿地问："你为什么要那么多呢？"

孩子说："我只想要一张你的签名，但想用你的另外3张去换一张迈克尔·乔丹的签名照。"

克林顿的脸一下子就僵住了，他完全没有想到孩子会这么说。但克林顿很快反应过来，接着笑着说："完全可以，但是我有个侄子也喜欢迈克尔·乔丹，我想再给你签6张，请你替我侄子也换一张迈克尔·乔丹的签名照，行吗？"

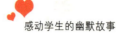

事与愿违

有时候，拐弯抹角不如直言相告。

撰文/佚名

在一个冬天的夜里，伦敦市下了一场极为罕见的暴风雪。

第二天早晨，史密斯先生开门一看，外面是白茫茫的一片。自己家的花园里覆盖着一层厚厚的积雪，而且车道也被大雪覆盖了，根本无法将车开出去。

因为史密斯先生中午要开车出去，便连忙雇了一名工人，叫他将从车库到大门的小车道清扫干净。

史密斯先生吩咐那人说："注意，不要把雪扫到我的花园里，因为雪会压坏花园里的小灌木；也不要把雪扫到另一边去，因为雪可能压坏篱笆；更不要把雪堆到街上，那样警察就会来开罚单，那是十分麻烦的。"说完，他就出门踏雪散步去了。

工人想了想，然后开始了工作。

　　大约一个小时后，当史密斯先生散步回来时，发现小车道已经被打扫得干干净净了。积雪既没有堆在灌木上，也没有堆在篱笆下，更没有扫到街上。

　　史密斯先生十分满意，于是吹着口哨，兴冲冲地去车库开车，准备出门做事。

　　可是，他打开车库门一看，不禁大呼起来："哦，我的天哪！怎么会这样？"
原来他的小汽车已经完全看不见了，车库里面竟然堆满了从小车道上扫来的雪！

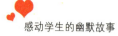

谁是傻瓜

自以为很聪明，以戏弄别人为乐者也将受到别人的嘲弄。

撰文/佚名

一天，无所事事、游手好闲的李维斯自己去动物园玩。

动物园里的动物种类很多，李维斯不停地逗逗这个，要要那个，玩儿得很尽兴。后来，他来到了猩猩园区，直接走到一个关着一只大猩猩的笼子前。

李维斯先向猩猩敬礼，猩猩也模仿着对他敬礼。他觉得很好玩儿，又向猩猩作揖，猩猩便也向他作揖。李维斯接着向猩猩扒眼皮，不料猩猩这次没有模仿，而是把手伸出栏杆，狠狠地打了他一巴掌。李维斯只好离开了那个笼子。

李维斯越想越生气，便捂着疼痛的脸去询问饲养员。

饲养员知道情况以后，笑着告诉他："在猩猩的语言里，扒眼皮是骂对方大傻瓜的意思，所以猩猩很生气，当然就会打你了。"李维斯这才恍然大悟。

第二天，李维斯又来到了动物园，他找到那只猩猩以图报复，想解心头之恨。

李维斯先向猩猩敬礼，然后作揖。猩猩都跟着做了。

然后李维斯拿起一根大棒子，狠狠向自己头上打了一下，然后忍着痛，微笑着把棒子交给猩猩。他本以为猩猩会模仿他，也拿棒子朝自己头上打呢。

不料，猩猩这次没有模仿，而是笑着向他扒了扒眼皮。

谁在喊价

在连自己的对手都没搞清楚是谁之前，不要急着做决定。

撰文/佚名

有一个人叫吉姆，他特别喜欢鸟。虽然他的家里面已经养着很多的鸟了，但是他还是很喜欢逛宠物店，看到好鸟，无论花多少钱都会把它买回家，否则他就会感到若有所失。

一天，吉姆经过一家宠物店，发现里面正在拍卖一只鹦鹉，于是不由自主地走了进去。

吉姆见那只鹦鹉的羽毛色彩十分鲜艳，而且音域高亢，钩喙独特，非常喜欢。

于是吉姆走到前面，对老板喊道："我愿意出10美金买下这只鹦鹉！"

紧接着，身后有人喊价："我愿意出20美金！"

吉姆可不愿意把这么好的鸟拱手让人，于是头也不回地又喊了30美金。他想这个价钱应该差不多了吧。

可是另外一个声音像是在故意跟他作对似的，大喊："那我出40美金！"

吉姆和那个声音较上了劲，你来我往地喊价。就这样，那声音一直到吉姆叫了200美金时才停。

吉姆十分得意，心想，哈哈，看来还是我赢了吧！

可是他突然转念一想，我花了那么多钱才买到这只鹦鹉，但是如果它不会说话，那我不就亏大了？

于是吉姆马上问老板："你这只鹦鹉会不会说话啊？"

还没等老板说话，只听到那只鹦鹉大叫："不会说话？那你以为刚刚是谁在跟你喊价啊！"

谁最强 ★

自大的人无法看清自己，终究会碰壁的。

撰文/佚名

一天，一只狮子照完镜子以后感到自己非常强壮，便想问问别人自己是不是最强大的动物。

一会儿，一只小猴子走过，于是狮子堵住它，把它逼进了墙角，冲它咆哮着问："谁是森林中最强大的动物？"

小猴子吓得战战兢兢，哆哆嗦嗦地回答："当……当然是您了，伟大的狮子！恐怕再也没有比您更强大的动物了！"狮子听了很满意，便放过了小猴子。

过了一会儿，狮子又碰到一只鹿。

狮子一把抓住鹿的脖子，把它提起来问："你说，谁是森林中最强大的动物？"

鹿受到了惊吓，惊惶地回答："这……这还用问吗，当然是您，伟大的狮子先生！当然您是森林中最强大的动物了！谁和您相比都是那么渺小！"狮子觉得十分得意，哈哈大笑着，原来大家都很赞同自己是最强大的动物啊。

狮子又向前走，正巧遇到一头正在吃树叶的大象。

狮子来到大象面前，拍着胸脯问："你说，我是不是森林中最强大的动物？"

对于这样的问题，大象懒得回答，直接用长鼻子卷起狮子，用力往树上摔了几下，然后又把狮子扔在地上，使劲儿踩了几脚，然后从容不迫地走了。

狮子好半天才缓过气来，望着大象的背影自嘲地说："就算你答不上来，也用不着发这么大的火嘛。"

死心眼儿

做事不懂得灵活变通，是不会把事情做好的。

撰文/佚名

有一位旅客，晚上住在火车站附近的旅馆里，准备赶第二天的火车。闲来无事，他去旁边的酒吧里喝了几杯，又和几个朋友聊了起来，然后很晚才回来休息。

第二天一早醒来，他发现赶火车的时间有些来不及了，就赶快收拾行李，匆匆下楼到酒店大堂结账。时间不多了，他必须在15分钟内结完账并赶到车站。

可就在这时，他突然想起，吹风机、刮胡刀和手表可能还放在房间的浴室内，忘记带出来了。

于是，他立刻请求女服务员帮助："您好，小姐！快，帮我跑上603房间，看看我的吹风机、刮胡刀和手表是不是还都放在浴室里。要快，离开车时间只剩下10分钟了。"

女服务员一听，来不及等电梯，马上沿着楼梯飞速地跑，一口气冲上了6楼。

旅客见状，这才舒了一口气。

大约3分钟以后，他刚办完了结账手续，正好女服务员两手空空、气喘吁吁地跑了回来。

旅客急忙迎上去问："你找到我的房间了？"

女服务员捂着胸口直点头。

"那我的东西呢？"旅客急忙又问。

女服务员上气不接下气地说道："先生，您……说的没错……吹风机、刮胡刀和手表确实……都还在浴室里。"

送桃子

人与人之间如果少了隔阂，社会将会更加和谐。

撰文/陈永林

前天，母亲从乡下来了，扛来一大袋桃子。

母亲说："给你的左邻右舍送些桃子去。俗话说：'远亲不如近邻'。咱们自家种的桃子，没施化肥，没喷农药，比买的桃子甜多了。"

我先到了一楼101室，开门的是个少妇。我说："我是二楼的，我母亲从乡下带了桃子来，你尝尝。"那少妇警惕地望着我，好像我对她不怀好意。我忙放下桃子上了二楼。

我按对门201室的门铃。开门的是个小女孩。我说："我是住在你对门的叔叔。我送些桃子给你吃。"

小女孩说："我妈妈说过不能随便要陌生人的东西。"说着"砰"的一声关上了门。

　　我按301室的门铃按了许久，门才开了。我对开门的男人说："我是住你楼下的邻居。我母亲从乡下带来一些桃子，送一点儿给你尝尝。"

　　那男人忙从口袋里掏出钱包，问："多少钱一斤？"

　　401室开门的也是个男人。他接了我手里的桃子，问我："你有什么事要我帮忙吗？"

　　我说："没有，只让你尝尝我母亲从乡下带来的桃子。"

　　男人说："如果有事要我帮忙，别客气。"

　　但是第二天一早，我下去买早点回来的时候，见楼道口的垃圾桶里放着好几袋桃子。

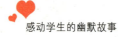

送醉鬼回家

如果不经思考，很可能会好心办了坏事。

撰文/佚名

一天晚上，一个好心肠的人路过一幢楼房。在楼梯口处，他看到一个家伙醉得很厉害，坐在台阶上，似乎在等着有人来帮他一把。于是他走上前去问："你住这儿吗？"

"是的！"醉鬼回答。

"要我帮你回家吗？"他问。

"是的！"于是他扶起那个家伙，把他拽到二楼，然后问："你住这层楼？"

"是的！"醉鬼点点头。

听到他这么说，好心人打开了身边的门，把醉鬼塞了进去，转身就走了，因为他不希望醉鬼的家里人以为是他把他灌醉的。

当他下了楼之后，出乎意料的是，他又看到一个醉鬼，跟刚才那人长得很像。

于是他又问他要不要帮忙，然后把他拖到二楼，问清楚他是住在这一层之后，打开门，把他塞了进去。

可是老天好像跟他开玩笑似的，当他走到楼下之后，他又发现一个醉鬼，而且比前两个醉得更厉害。不过他毕竟是个好心人，他还是像帮助前两个人一样把他背上了二楼，塞进那个门里面。

但是，当他走到楼下的时候，他又看到一个醉鬼。就在他想过去问问到底是怎么回事时，那醉鬼却像见到鬼一样发疯地跑到不远处的警察跟前，对警察说："警察，请你管管，这家伙不停地把我弄到二楼，然后把我从电梯道里面扔下来！"

算卦

要时刻警惕那些利用别人的迷信思想骗取钱财的人。

撰文/赵再年

老何下岗后看街上算命的生意不错，心也动了，这算命可是个无本万利的买卖。俗话讲："穷算命富烧香。"凡是来算命的，都是遇到了不顺心的事，只要把话说"圆活"了，也就不会有人找麻烦。想到这儿，他立即买了几本算命书，回家一通狂记硬背，三天后便开张了。

开张后，算卦生意居然不错。有一天，一个大汉骑车停在他面前，不屑地望着他。从他的衣着和神情老何猜出，这人十有八九是下岗人员。他搭话说："先生是求财，还是问路？"大汉冷笑了声："你们这些玩意儿都是骗人的，谁信！"老何说："话不能这么讲，我看你一定是刚丢了饭碗吧。"

大汉听了眉头一皱，下了车，从兜里掏出50元拍在老何面前："让你说对了，你给我算算多会儿能找到工作？"老何问了他的生辰八字，手指胡乱掐算一气：

"从命相看，你眼下是有点儿不顺，不过马上就会事事如意的……"大汉不耐烦地一挥手："你就说几天吧。"给他一逼，老何不得不编："5天内。"大汉说："好，算准了50元是你的，不准你要赔双倍。"说完骑车走了，丢下老何直发愣。

此后，大汉每天都要来老何这儿转一圈，弄得老何心里直发毛，心想：他是怕我跑了啊！这哪是算命，纯粹是找碴儿的。老何只好每天为大汉祷告，盼望他赶快找到工作。

到了第五天，快收摊了，也没见到大汉。老何想，难道他找到工作了？就在这时，大汉的自行车又停在了他面前。大汉笑嘻嘻地跳下车说："我找到工作了。"老何一阵狂喜，忙问："啥工作？"

大汉慢吞吞地从兜里掏出个袖章，老何一瞧，是"文化市场管理员"。大汉说："你交200元罚款吧，你的卦还挺准。"

★巧了

做事情之前，一定要考虑到是否会给别人造成影响。

撰文/佚名

一架军用运输机在飞经一处人口稠密地区的上空时，突然失控并开始往下直冲。飞行员努力地操纵着飞机，但无济于事——因为机身太重了。

形式万分危急，于是飞行员对后面的士兵大吼，让他们快扔掉机舱里的一些东西以减轻机身的重量，极力扭转这种危险的局面。

士兵们扔出去一只手枪。

"再扔出去一些！"飞行员大叫。

于是士兵们又扔出去一支冲锋枪。

"不行，再扔！扔一些有分量的重家伙！"于是士兵们把一枚导弹推了出去。

飞机终于得到了控制，成功地降落在一处空军基地上。士兵们终于松了一口气，开着一辆吉普车返回驻地。

没走多远，他们看见路边一个男孩在哭。于是，他们关心地问："小弟弟，你怎么了？"

"一支手枪打到我头上了！"男孩回答。士兵们有些不好意思了。

他们再往前走，发现又有一个男孩在路边哭，而且哭得更厉害。他们又问是怎么回事。

"一支冲锋枪打到了我的头上！"男孩回答。

士兵们感到极为内疚，然后继续朝前行驶。突然他们看见一个男孩在歇斯底里地大笑。

"喂，孩子，什么事那么好笑？"他们问。

男孩边笑边说："你们一定不相信，我刚才正在上厕所，方便完了，一拉水箱，整幢房子就被我拽塌了！"

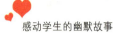

谈判专家

在特定的场合需要特定的语言和行为。

撰文/黄桂华

某公司大门口张贴招聘启事一则，诚聘谈判专家一名。一青年看了启事，来到人事部见经理。

经理问："先生是应聘的？"

青年回答："废话，难道你这儿是餐厅我来吃饭，还是阅览室我来看书？"

经理一摆手："请坐吧。"

青年昂着头说："你没有权力命令我坐！坐或站是我的权利，每个公民的正当权益受国家法律保护。"

经理只好说："那么……请抽烟。"

青年拒绝说："抽烟是慢性自杀，你我无冤无仇，难道你想谋财害命？况且，如果这烟要是放了毒品，我一旦上了瘾，不是要跌入无底深渊吗？"

经理无奈地说："先生，我们换个话题好不好？"

青年笑说："咦？你这个人真怪，说话是你的权利。我国法律明文规定公民有言论自由。我又不是执法机关，无权剥夺你的言论权。"

经理想了想，说："我能否看一下你的学历证明？"

青年毫不示弱地说："学历能证明什么？那只能说明一个人的过去。而且，有学历就能说明一个人有能力吗？那样看待问题是片面的，并且是主观的。何况，现在有很多学历都掺有水分，甚至是假货，不足为凭！"

经理挠了挠头，说："那我怎么知道你能胜任这份工作呢？"

青年笑了一下，说："如果连这种简单的事情都弄不清楚，只能说明你没有水平，根本不称职！在这种没有水平的人的领导下工作，我也是不可能有前途的。现在我就离开这家即将没落的公司！"

经理一把抓住他的胳膊，说："先生，请等一下，你被录取了。"

特长班

安全一定要摆在第一位。

撰文/丁文

　　女儿到了上学的年龄。看着别人家的孩子都在赶着上特长班，我也动心了。总不能让女儿输在起跑线上吧？于是我也决定给女儿报名上特长班，希望她也能够在某些方面出类拔萃。

　　下班路过少年宫时我顺便拿来了一大沓招生广告。那上面有钢琴班、绘画班、书法班、作文班、奥数班，等等，把我看得眼花缭乱。我只好问女儿："你喜欢什么？"

　　女儿好像似懂非懂。问急了，她便答道："爸爸喜欢什么我就学什么。"

　　我也不知道什么特长班适合女儿，于是决定先带她去少年宫看看，然后再作决定。

　　那是个星期天，正是少年宫最热闹的日子。我带着女儿出发了。我拉着女儿的

小手，一边看风景一边问她学习上的事。

突然，我看到前边不远处有个骑摩托车的男子正在抢夺一个姑娘的包。那姑娘看起来十分柔弱，她只能一边紧紧抱着包，一边大声喊着救命。可路边虽然人很多，但是竟然个个无动于衷，连一个打手机报警的人都没有。那个女孩看起来非常无助。

看到这儿我义愤填膺，一边叫女儿站着别动，一边一抬腿就冲了过去。无奈已经来不及了，那个歹徒见路人如同木头一般，便从容不迫地跳下摩托车，一拳打在那姑娘的脸上，然后一把夺过包，跨上摩托车扬长而去。只见那个姑娘摔倒在地，半天都爬不起来。

我赶快上前扶起姑娘，然后打了110。

不一会儿警车呼啸而至，姑娘被抬上了警车。看着警车绝尘而去的背影，我突然明白女儿应该上什么特长班了。

我回到女儿身边，一把抱起她，胸有成竹地说："孩子，走吧，爸爸带你去武术班报名。"

委婉地表达

虽然非你所愿，但是你的无心也许已经伤害了别人。

撰文/佚名

　　小奥尔良的邻居家里刚刚生了一个婴儿，但不幸的是那个小家伙生下来就没有耳朵。

　　当邻居一家从医院返回后，那对父母邀请小奥尔良一家过去看看他们的新生婴儿。小奥尔良的父母极担心他们的孩子会说出一些关于那个婴儿的令人尴尬的话，于是他的爸爸在临出发前与他进行了一次长时间的谈话。

　　"现在，孩子，"爸爸说，"那个可怜的婴儿生来就没有耳朵。我希望你到了他们家以后能表现得很好，不要说任何与婴儿的耳朵有关的事。如果你做到了，我保证在下个周末，我和妈妈会带你去看那场橄榄球赛。"

　　"放心吧，爸爸，"小奥尔良满口答应道，"我保证不提任何与他耳朵有关的事情。"

　　小奥尔良一家来到邻居家后，小奥尔良轻轻地抚摸着婴儿的小手。接着，他对婴儿的妈妈说："哦，多漂亮的小孩啊！"

　　"太感谢你了，小奥尔良。"那位妈妈欣慰地说。

　　小奥尔良的父母也松了一口气。

　　"这个婴儿的手长得非常漂亮，脚也非常漂亮，"小奥尔良说，"看看他漂亮的小眼睛，医生说他的视力好吗？"

　　"是的，"那位妈妈说，"医生说他的视力非常好。"

　　"那太好了，感谢上帝，"小奥尔良说，"不然的话，他怎么戴眼镜呢？"

我的病历

事物之间都有着必然的联系。

撰文/雅森·安东

　　我的心脏病突然犯了，于是去我的一个医生朋友那里看病。他为我做了一番仔细检查之后，给我开了一种药："服用这种药，可能会出现头疼。不过，你不必大惊小怪。"

　　果然，我的头疼得要命。医生十分得意。"我事先提醒过你，"他微笑着对我说，"我曾多次发现过这种症状。"说着他给我开了一种止疼药。我吃过之后，头疼消失了，可胃却开始疼起来。

　　"当然！止疼药用过量了，就会使消化系统紊乱。好吧，我给你开一种对症的药。"医生说。服了这药后，我的手上出现了过敏反应。

　　"这种现象我倒是不曾料到。"我的医生朋友承认道，"不过没有关系，我给你开一些抗组胺片。"服过药后，过了两个星期，过敏反应是消失了，可我的右眼

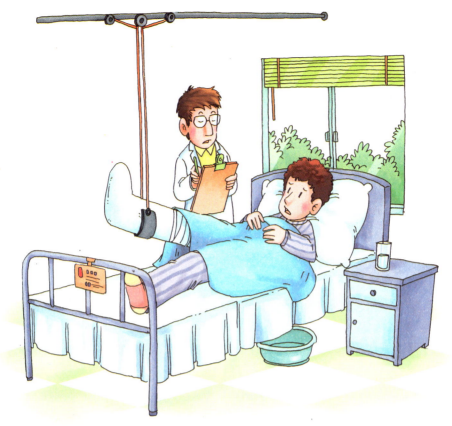

却肿了起来。

"这绝对不是因为药片的缘故。"医生朋友企图说服我，"我还未发现任何一个病人有过类似的症状。我只好给你打一针了。"打过针后，我的牙剧烈地疼起来。

牙疼得这样厉害，我不得不采用普通的、人尽皆知的办法——一瓶烈性酒去治它。可喝完最后一杯后，我渐渐失去了平衡感，两腿一软，重重地跌倒在地，摔断了一条腿。

"太出人意料了!"医生看着我打着石膏的腿，惊叹道，"牙疼竟会导致腿瘸! 医学史上从未有过这样的先例!"

他若有所思地看了我一阵，又说："你的病太独特了! 你想想，一切都是从心脏发病开始的，而最后的结果……你也看见了……如果不把这一切详细地写下来，我将会犯一个不可原谅的错误。"

象贩子失算

撰文/佚名

　　布鲁斯是一个象贩子，养着很多大象。一天，他发现有一头大象生病了。这头大象很快就会死去，不过，现在从外表上还看不出有病。于是，布鲁斯决定尽快把它卖出去。

　　第二天，布鲁斯把这头大象赶到了市场，用绳子拴好后，就坐下来等顾客来购买。

　　过了一会儿，有一个农夫来了。他怀着十分浓厚的兴趣察看着大象，在它周围绕了一圈又一圈，然后靠得更近去看。

　　布鲁斯开始有点儿心慌了：不好，这个农夫好像已经看穿了大象生病的秘密，可千万不能让他说出去。

　　于是，布鲁斯急忙站起身来，走到农夫身边，贴着他的耳朵低声说道："要是你什么也不说，那么，卖了这头大象得来的钱我可以分给你一半。"

农夫似乎并没有听懂，而是继续在大象周围转来转去，但是什么也没有说。

过了一会儿，来了一位真正的顾客，把大象买了下来，并按要价付了钱。

等那位顾客牵着大象走远了，布鲁斯走到农夫身边，递过去一半的钱，说道："这是给你的。不过，请你告诉我，你是怎样发现大象生病的呢？"布鲁斯很佩服这个人的眼力，想弄个明白。

"生病？"农夫惊奇地问道，同时把钱装进了口袋里，"什么病，我不明白。我不是本地人，那种牲畜我今天还是第一次看到呢。"

小丑

事出有因，凡事都有自己的起因。

撰文/佚名

一位老妇人正在为她的孙女举办生日宴会，她一心要把这个宴会办得热热闹闹的，让她的孙女高兴。她不仅请了一个好厨师，还请了孩子们最喜欢的乐队和小丑。

宴会刚刚开始的时候，有两个流浪汉来看热闹。老妇人心肠很好，对他们说，如果他们肯去后院帮她劈一些柴火，就可以在宴会上吃顿饭。两个流浪汉非常感激，连忙跑到后院劈柴去了。

乐队奏起了欢快的乐曲，客人们都到齐了，来了很多小孩子，可他们喜欢的小丑还没有到。正当老妇人焦急等待的时候，小丑打电话来说他遇上了严重的塞车，恐怕来不了了。

老妇人非常失望，只好决定自己帮孩子们排些节目逗逗乐。可就在这个时候，她不经意地朝窗外看了一眼，突然发现她派去劈柴的一个流浪汉在草坪上快速地连续翻了几个筋斗，然后在树枝上荡来荡去，还不时地跳向半空，那样子看起来滑稽极了。有几个孩子也恰好看到了，高兴地边笑边鼓掌。

老妇人兴奋起来，对站在离窗口不远的另一个流浪汉说："你朋友的表演真是棒极了，我从来没有看过这么滑稽的表演。如果我付50美元，他愿意顶替小丑像刚才那样表演给孩子们看吗？"

这个流浪汉回答说："我也不知道，让我问问他吧。"

说完他就朝着那个还在乱蹦乱跳的流浪汉喊道："嗨，威廉，有人出50美元，你愿不愿意再砍掉一个脚趾？"

亚里士多德在海边

和大自然相比，一切都显得非常渺小。

撰文/佚名

传说有一天，亚里士多德正在海边的沙滩上散步。他看到有个人正在用一把勺子从海里舀水，然后把水倒在岸边自己挖的一个小洞里。开始，亚里士多德还在思考自己的问题，所以并没有在意。

可是一次，两次，那人并没有停下来的意思。于是，亚里士多德走近了那个人。那个人那么专注，以至于亚里士多德也好奇了：他在做什么？那个人走到海边，舀满一勺水，带着水过来，把它倒到洞里去，再去海边……

最后，亚里士多德说："等一下，我不想打扰你，但你在做什么？你搞得我莫明其妙。"

那个人说："我要用整个大海来填满这个洞。"

亚里士多德大笑起来，说："你真笨！这是不可能的！你简直是疯了。你在浪费你的生命！只要看看海这么大，而你的洞却这么小——而且只用一把勺子，你想把大海都舀到这个洞里去？你简直是发疯了！快回家休息去吧。"

不料那个人听完亚里士多德的话后，笑得比亚里士多德还要大声，笑了好久才说："是的，我当然会走的，现在也是时候了，因为我的工作已经做完了。"

亚里士多德说："你这是什么意思？"

那个人说："你做的也一样——甚至更傻。看看你的头，它比我的洞还小。再看看自然、存在，它比这海洋还大。再看看你的思考——它比我的勺子更大吗？"然后，这人大笑着走了。

一串鳟鱼

命运掌握在你自己的手中，就看你怎样去做。

撰文/佚名

从前，有个家住教堂附近的农夫。他有一个7岁的儿子。

离农夫家不远的地方，有一条小河。农夫很喜欢到河边捕鳟鱼。他为了巴结教堂里的牧师，每次捕到又肥又大的鳟鱼时，总要叫他的儿子去送一串给牧师。小男孩虽然不太情愿，但也听话地送去。

有一天，农夫又捕到了鳟鱼，跟往常一样，他对儿子说："听着，把这些新鲜的鳟鱼送到牧师那里去。"

小男孩说："不，我不去。"

农夫听了十分诧异："为什么不去？快把这些鳟鱼送给牧师！"

"不，我不去。"小男孩摇头说。

农夫没有办法，只得说："就送这一回，以后就不让你去送了。"

　　小男孩没再说话，提了鳟鱼，气呼呼地朝牧师家走去。到了牧师家的门口，"咚咚"敲了敲门，没等到回音，就推门走了进去，把鳟鱼往椅子上一扔，转身就走。

　　牧师正在屋子里面，见到这情景，连忙追到门口，大声叫道："回来，我的孩子。让我做个样子给你看看。你这样简直不成体统！"

　　小男孩只好转过身来，红着脸，回到屋子跟前。

　　"进来吧，"牧师说，"我给你做个样子，让你看看应该怎样把一串鳟鱼送给牧师。坐到我的椅子上来，你装作牧师，我装作小男孩。"

　　接着，牧师捡起那串鳟鱼出了门，然后回转身，到了门前，轻轻地敲敲门，得到许可后他进来了。

　　小男孩慢条斯理地把手伸进口袋里，掏出2角5分钱，给了牧师。同时，他模仿牧师的口吻，说："哦，孩子，这点钱给你。"

　　牧师顿时感到既惊讶又窘迫。他愣了一下，说："我现在明白了，你为什么扔下鳟鱼一声不响就走了。原来你要我付点钱给你。好吧，我付给你。"

　　牧师走到桌子前，从口袋里掏出2角5分钱，放在桌子的一个角上；又掏出5角钱，放在另一个角上；还在桌子的第三个角上放了1元钱。

　　牧师放好后，对小男孩说："这是付给你的。如果你拿2角5分，你死后可以升入天国；如果你拿5角，死后要先入炼狱，洗净灵魂上的罪恶才能升入天国；假使你拿了1元钱，溺死后永远入地狱。好了，你挑选吧！"

　　小男孩毫不犹豫，伸出两只手，把桌上的钱全抓到手里，说："这些钱我都要，这样我死后就可以想到哪儿就到哪儿了！"

　　说完，他把钱揣进口袋，扬长而去。

艺术与晚餐

有心栽花花不开，无心插柳柳成荫。

撰文/阿·布痕瓦尔德

一天，我走进一家超级市场，买了一些晚餐吃的东西。回家路上，我拐进了一家刚举行完一个通俗艺术展览开幕式的展览馆。手里拎的包相当沉，我便把它放在展厅的一个角落里。后来因为所见到的展览品使我心醉神迷，就稀里糊涂地向家里走去。

"你买的东西呢？"妻子问。

"见鬼！我把包忘在展览馆了！"我急忙返回展览厅。可是我去得太晚了。我的那个包获得了展览作品大奖！

"我们找了您很长时间，可怎么也找不到。"展览馆负责人对我说，"您怎么不在这件艺术作品上标明自己的名字呢？"

"可是……它并不是什么艺术品，而是一些可怜巴巴的食物，买给家人做晚餐

的……"紧接着，展览厅爆发出一阵哄堂大笑。

"瞧！他不仅是一个伟大的艺术家，而且很有幽默感！"一位评委这样说。

"这从他送展的作品就可以看出来。"另一位评委补充道，"瞧这装猪肉和扁豆的玻璃罐托住酸奶瓶子的方式，是多么精心地安排出来的……"

"他简直就是一位天才！"一个太太对陪同她的先生说，"你看看那装水蜜桃的玻璃罐微微侧向一边的造型，有多么巧妙！我觉得即使瓦瑟也没有能够达到这一步！"

"我认为，获得大奖是因为面包放在底部托住整个作品的缘故。"陪伴那位太太的先生说，"我真想知道，毕加索看到这样非凡的构思将做出什么样的表情……"

"诸位，"我说，"对你们为我所做的一切，我深表感谢，但是，现在我得把这包东西拿回家去了。"

"把它拿回家？"展览馆馆长惊讶地说，"我刚刚把它以1500美元的价格卖给了这两位。"

"可是，我买它们的时候只花了18美元。"我赶紧声明说。

"我们这里说的并不是购物，先生。您创作出了一件真正的艺术品。通过这件作品，您所表达的思想，甚至比罗丹通过他的《思想者》所表达的还要深刻！"

我本是一个谦卑的人，听了这话我感到脸颊发热。不过，支票我还是收下了。至于晚餐，我只得同妻子一道去饭馆吃。吃过饭后，我又去了一趟超级市场，买了很多东西，而且比第一次买的多得多，然后直奔展览馆。

可这一次，我再没能够成功。

"他简直被胜利冲昏了头脑！"一位颇有名气的批评家说，"如果说，开始他还能够用只配做猫食的低档货，加上黄油、花生酱一类的东西创造出令人震颤、充满激情、独具匠心的作品，那么这次他向我们展示的却只是令人倒胃口的蘑菇和烂鱼汤。他的创作灵感已经完全枯竭了，剩下的只是一堆枯燥无味的破烂。"

怎么就成了小偷

别把自己往某个框框里面套，否则会难以自拔。

撰文/佚名

天气越来越冷，我早上出门时走得匆忙，忘了戴手套。坐上公交车后，我一摸铁扶手，感觉冰凉彻骨，赶紧双手捂嘴，呵点气暖和暖和。

这时，旁边坐着的一男一女开始聊上了。男士说："天冷了，可小偷并不会因为天冷就休息。为了方便，小偷冬天一般都不戴手套。"女士说："这么冷的天，恐怕也只有小偷才不戴手套。"他们边说边用目光在车上搜索着。

我左右一看，糟糕！大家都戴着手套，就我一人光着手……我下意识地把双手揣进裤兜——我可不想被人当成小偷。

两人继续谈论刚才的话题。男士说："不过，小偷也不傻，没找到目标时，他们一般会把手藏在裤兜里。"女士说："对了，这样别人就看不出来他没戴手套了。"他们的声音比较大，受其影响，旁边几位乘客也开始搜索起来。

　　我吓了一跳：怎么又说到我身上，还是离他们远点吧！我赶紧向前走两步，站到车门附近。

　　这两人沉默了一会儿，女士突然想起什么似的说："我听人说，小偷都爱动，四处寻找下手机会，得手后就往车门方向挤，一到站就下车。"这时，已经有人开始打开挎包，检查自己有没有丢东西了。

　　我的脸一下子红到脖子上，赶紧后退两步，离门远了点儿。

　　男士跟女士说："你不懂，如今小偷哪有单独行动的，一出动就是一伙，得手后马上把赃物转移给同伙。车一停就下的是同伙，真正下手的，一般到公主坟这样的大站才下车，显得正常。"

　　真是该死，怎么连我到哪儿下车也说得这么准！难道我真的适合做小偷吗？这时，车到了中途一站，在全车人警惕的目光下，我仓皇逃下车去……

怎样卖马

要提防那些为了一定的目的，将事实夸大的人。

撰文/佚名

马克自称有匹极棒的马。

一天，他对一群朋友说："我的马相当聪明。每天早晨，在我没睡醒之前，我的马就会去奶站把我的牛奶取来，然后去报点取来报纸。当我准备好出门时，它会把我送到门口。在接下来的时间里，它会站在门外等候我回来。"

马克的话给沙力文留下了极为深刻的印象。他十分惊奇世界上竟然会有这么好的一匹马。

于是他对马克说："你的马确实不错，我想用200美元买下它，你可以卖给我吗？"

马克马上拒绝了："这价钱也太低了，恐怕这点钱只能买一匹普通的马。"

"那么，500美元你觉得怎么样？"沙力文不想放弃。

"既然这样，好吧，成交！"马克同意了。接着，两人一手交钱，一手牵马。

一个星期过去了，沙力文在酒吧里遇到马克，哭丧着脸说："哎呀，那匹马根本不像你说的那样好。它每天除了吃就是睡，什么也不会，什么活都不干。"

"嘘！别这样。"马克看着他，将食指竖在嘴唇中间，做了个不要声张的手势，然后看看周围是否有其他人在听他们讲话，最后才悄声对沙力文说，"假如你要继续这样谈论你的马的话，那么它将永远也卖不出去了。"

转寄信件

仔细思考你做的事情，别让它成为无用功。

撰文/佚名

阿尔法准备去海滨度假两个月。临行前，他把自己即将入住的酒店地址告诉了房东太太，托付她把他的朋友们寄来的信件及时转寄给他。房东太太一口应承下来。

一个月过去了，阿尔法却没有收到一封信。他感到非常奇怪，他有那么多朋友，而且与他们向来通信频繁，怎么会有一个月的时间收不到一封信呢？

于是，阿尔法打电话给房东太太询问原因："房东太太，最近有我的信件吗？您为什么不把它们转寄给我呢？"

"先生，你走前没留下信箱的钥匙呀，叫我怎么转寄呢？"房东太太答道。

这时，阿尔法恍然大悟，自己走得匆忙，竟然忘了将信箱钥匙留给房东太太了，于是他马上说："瞧我，多么糊涂啊！是啊，没有钥匙您怎么打开信箱呢？放心好了，我会尽快把钥匙交给您的。然后请您将我的信件转寄给我。"

第二天，阿尔法把钥匙寄了回去。

可是又过了一个月，阿尔法还是一封信也没收到。

假期结束了，阿尔法度完假回到家。见到房东太太，他有些生气地问她："我早已经把钥匙寄给了你，可你怎么还是没有把信件转寄给我呢？"

房东太太看了他一眼，平静地说："先生，你寄来的钥匙，不是也和其他信件一样，丢进信箱里了吗？"

走私犯

千万不要因为专注于细节而忽视了大局。

撰文/佚名

一天，一个形迹十分可疑的人开车来到边境，哨兵赶紧迎了上去。哨兵先检查了司机，然后在检查汽车的行李箱时，惊奇地发现了6个接缝处鼓得紧绷绷的大口袋。

"里面装的是什么？"他问道。

"土。"司机回答。

"把袋子拿出来，"哨兵命令道，"我要检查里面。"

那人顺从地把口袋一个个搬了出来。确实，口袋里除了土以外别无他物。

哨兵很不舒服，但也只好不情愿地让他通过了。

一周后，那人又来了，哨兵再次检查汽车上的行李箱。

"这次袋子里装的是什么？"他问道。

"土，又运了一些土而已。"那人回答。

哨兵还是认为他一定走私了东西，对那些袋子又进行了检查，结果发现，除了土以外，仍旧一无所获。

同样的事情每周重演一次，就这样一共持续了6个月。最后，哨兵被弄得灰心丧气，干脆辞职去当了酒吧侍者。

有天夜里，那个形迹可疑的人碰巧途经酒吧，下车喝酒。

那位从前的哨兵急忙迎上前去对他说："我说，老兄，你要是能帮我一个忙，今晚的酒就归我请客。你能不能告诉我，那段时间你到底在走私什么东西？"

那人俯身过来，慢慢凑近侍者的耳朵，咧开嘴笑嘻嘻地说："汽车。"

图书在版编目（CIP）数据

感动学生的幽默故事 / 龚勋编著．－北京：人民
武警出版社，2012.5
（中国学生成长第一书）
ISBN 978-7-80176-803-2

Ⅰ．①感…　Ⅱ．①龚…　Ⅲ．①故事－作品集－世界
Ⅳ．①I14

中国版本图书馆CIP数据核字（2012）第088584号

感动学生的幽默故事

主编：龚勋

出版发行：人民武警出版社

　　社址：（100089）北京市西三环北路1号

　　发行部电话：010-68795350

经销：新华书店

印制：北京楠萍印刷有限公司

开本：787×1092　1/16

字数：150千字

印张：8

版次：2012年5月第1版

印次：2014年5月第2次印刷

书号：ISBN 978-7-80176-803-2

定价：23.80元